くさかむり

浜名理香

歌集

砂子屋書房

＊目次

白雲 9
赤い花 14
みずうみ 20
小祥 24
夢のさめぎわ 29
結びぶみ 34
ちりがみの花 39
たて笛 44
浮き寝 52
花散る里 58
ずいよう 63

真っ赤な薔薇 66
へべすな夏 73
嘘ップ物語 78
押し入れの闇 83
春の卵 89
木の肌 95
点点の顔 101
風の葉書 107
平成二十六年八月二十九日の歌 115
渋もどり 120
星の子 124

赤いカバン　129
文字にはルーペ　134
夏休み　144
月　150
しょんなかたい　155
あとがき　162

装本・倉本　修

歌集　くさかむり

白雲

昨日とはどこか違った日の射してもう春だねえ白雲が行く

明日とは知らずに在りしなりひらの昨日は遠し今日の白雲

二〇一一年二月二十四日

臨終の布団の下に足裏の見えて明るく日は射しており

白梅のつぼみ翳さす軒びさし守り切れざる命なりけり

白布に包《くる》められたる亡骸を目守りて寒し人は寄れども

擽れば堪らず笑いだしそうなお通夜の晩の亡骸の顔

*

誰の手か起きて起きてと揺さぶれど動けんちゃなあ死んでしもうて

夜伽の火点る座敷に皆さんは何しちょるんか薄目も開かぬ

二十五日

手をちょっと挙げて皆さんさようなら柩入りゆき炉は扉閉ず

炉に独り行かせて許《もと》な火は巡りおるか炎は熱すぎないか

*

五七日早めて三十一日《みそとひとひ》にて石田比呂志の喪は明かすべし

赤い花

花のころの蜜柑はおしゃべりだったのに葉っぱの陰にふくれておりぬ

岩野川を橋に歩みてきたる道盆のとんぼが目の前に増ゆ

笹藪となりて柿の木残るのみ母が帰りてゆきたかりし家

黒蝶が翅に漕ぎつつ越えてゆく二百十日の過ぎたる川を

日の暮れはこんなに悲しかったっけ愚図《ぐず》り泣く子が叱られている

街角が月の時間に変わるころ芙蓉に赤い花咲きにけり

身を絞るほどに悲しと見る夢を覚めてうつつの胸のかなしさ

あの棟のあの窓の灯に衝き上がるかなしみ今も病棟五階

形相のわれによく似る御婦人に怒鳴らるる仕儀駐車場にて

からくさの信玄袋くれないの堪忍ぶくろ底ぬけの空

誰ももう在らざる家に歳暮れて庭の香母酢が酸《す》を溜めており

除夜の鐘鳴り始めたり年越しの蕎麦の茹で湯のいまだ沸かぬに

年の瀬の始末終えたる台所コンロも上のやかんも静か

一周忌まではまではと声のする何がまでかは分からないけど

この先はどうなるのかなあ職辞めし十年前にも空を見上げつ

そのまんま欅の芽など見ておりぬ途方に暮れて仰げる先に

みずうみ

もう今日はここで泣いてもいいですか冬の湖畔に車を停めて

鴨が鳴きむぐっちょ鳴けるみずうみの上の曇天もう春が来る

たゆたえる藻にきらめきて小魚は食われて豊かみずうみの水

家鴨らが水を掻っ蹴りゆけるあと鳰がつぷりと浮き上がりたり

中洲より鴨に追われてみずうみに泳ぎ出でたるその鴨の顔

春雨はヒマラヤ杉にしみ降りて幹の干割れを湿らせており

どの鯉も筒太りして餌に寄るあわれ飢えやすき腸《はらわた》持ちて

普賢岳の向こうの空は夕焼けて振りさくる阿蘇は雪雲のなか

紅梅と白梅咲きてとりとめもなき悲しみは白梅の下

崖《きりぎし》の端より落下する水に波がしらあり波しぶきして

小祥

お急須に載せたる蓋がずれており鶏《とり》の卵の立つ春の日に

足早に二月は逃げて小祥の二十四日の白梅の花

三個六列並ぶカステラ饅頭に不祝儀の熨斗かかるを待てり

昔わが産みし気もして目守りけるぽやぽやとせる老い人ひとり

北国の桜のころを旅したたしハンカチひとつ鞄に入れて

蛍光灯が鳴くと思いていたりけり耳鳴りのする耳と知らずに

アパートの五階三号畳敷き部屋に時おりかなしみ過《よ》ぎる

墓地なかに墓所のひとつが均されて土くろぐろと肥えたるごとし

夜を降る桜の花のはなびらが触れてあたたかくちびるの上

精いっぱい膨らましたるほっぺたをつつくなこの子涙こぼるる

少年の耳にうぶ毛の立つなどを目の前に見る混み合うバスに

菜の花に触れて離れて飛ぶ蝶をどの花ひとつ止《とど》むともなし

饂飩屋の暖簾が揺れて日が暮れて淋しきからだ歩みゆくなり

係り員の胸ポケットに温もれるペンに遺失のサインしており

夢のさめぎわ

女湯のお湯はやわらかししおきのまろきに添いてたぽたぽと寄る
あかねさす女の時は過ぎにけりむかしの誰を恨むともなく

白雲の浮かぶ向こうがほんとうの空なり空は突き抜けていて

たんたんたんたんたんたんたんと降りて来て螺旋階段あと五六段

布施布をあてて塞ぎている破れあるいは哀し穴空くよりも

こみ上がりきたる笑いが引き攣れてそのまま顔が泣きはじめたり

くちばしをぽかんと開けている鴉ま昼の空もぽかんと晴れて

魂《たま》燃ゆる夕べの風を待つばかりかたむく夏の桜葉のかげ

亡き人もちゃぶ台にご飯を食べていてとうとつにかなし夢の覚めぎわ

朝なのか夢のつづきに飛んだのかしろくぼんやり光が見える

木になりてゆける人ありもともとの石に戻りてゆく人のあり

手を組みて棺に眠るかたちして死んだふりしても朝は来ており

諸鳥の卵をいだくころとなりベランダに鳩の鳴く声のする

結びぶみ

股ぐらにしっぽをきつく巻き込んでおうちに帰ろ走って帰ろ

やや小《ち》さき雀が草の陰を出て転《まろ》ぶごとくに草に戻りぬ

発酵を終えたるパンの種よりもやわらかそうな赤子のねむり

山合歓の花は合歓よりいろうすく寝つきよろしくなさそうな花

蟬いくつ羽化させながら月の夜の桜の幹に色あるごとし

熊本ン夏はじゅっくり汗きゃあて暑サ暑サ暑サ打っ出すごたる

おのずから声ほこらかになりて言う「熊本の雨は粒が大きい」

頑固《もっこす》の 厳《やかましもん》 者も早者《わさもん》で熊本ん者《もん》は〈くまモン〉が好き

親爺《おや》っさんは恵比寿《えべ》っさん似の二重あご饅頭売りて愛想《あいそ》を言わず

シャベルショベル剣スコ角スコ見渡して移植ごてひとつ買うと握りぬ

ねじねじとねじくれながらねじ花の茎の一本すうっと立てり

ねんごろに眼鏡を拭きていまいちど眼鏡の顔を辞書にかざしぬ

遠く浮く雲にゆだねた結びぶみ風にネーブルの香りの混じる

あの時は地獄だったと息をつく今が地獄でないかのように

ちりがみの花

ちりがみの花は塵埃に咲くならんハンカチの花木に咲くならば

洗い場の籠にちゃわんが伏せられて今は静かに水切りており

スリッパの右と左を履き直し足のここちの良ろしくなりぬ

あんなもの悔しまぎれの捨てぜりふわがどまんなか射貫かれたれど

南無南無と父がくゆらす線香に燻《いぶ》られており写真の母は

盆すぎの風に吹かれて飛ぶとんぼ目玉にこの世見納めながら

みがかれた水がはいっているらしく光を折りてグラスかがやく

子どもらの遊ぶ盥に犬が寄り垂れたる舌を水に浸しぬ

雲のなかに水は眠っているだろう空に浮かんでやわらかな白

すずろなる安永蕗子がたたずむと思えば揺るる湖畔の柳

わが部屋にまぎれこみいる守宮子《やもりご》の昨日より今日やせたるごとし

胸は手へ腹は足へと振りながらやもりが壁を上り出したり

たて笛

あっせんせい、ちょっと待ってと教卓のスリッパ卓球止みそうになし

一礼し着席すれど生徒らに弾みのつきてお喋りの声

ようやくに私語の止みたる教室に息やわらかくなりて眠る子

チョロ田とかネル森などというあだ名生徒に付けて心に呼べり

学校の庭にしつらう泉水の水噴くところ小銭の沈む

M君が休みの今日は教室の八割がたが静かになりぬ

＊

たて笛を指に支えて少年が眼《まなこ》さびしく口つけにけり

夕ぐれは寒くかなしいほうがいいずっとあなたを好きでいるから

墓石を載せられるより骨壺の底に小石を抱かせてほしい

知りながら食べてしまった毒だもの皿の縁《ふち》までおねぶりなさい

なだらかな下りを謳って来たもののここがいかなる底かは知らず

その先を道は大きくカーブするセイバンモロコシの夏穂が赤し

あかときの露に立ち濡るるこころにはあらねど兄を見送りに来つ

よく眠る薬は買わぬことにするきっと飲み過ぎる夜があるから

空腹を指示されていて飲むくすり笑ったような錠剤三つ

香り良き粉の混じれる胃のくすり湯を人肌にぬるめて飲めり

歯に舌に貼り付いている粉ぐすり竈の灰のごとくあたたか

てのひらに包んだように雉鳩のからだまあるくうたた寝しおり

「これ食ふて茶のめ」と禅僧仙厓さんすべらかな◯ひとつを描けり

鎌倉のふるぶるしかる石敷きの道ふみみたし雪降る夜に

浮き寝

裏がわがめくれて表になるような大欠伸なむ観世音菩薩

泣きごとを言わぬ人よと手紙にはお札《さつ》一枚挟まれてあり

四階の人の天井の上に乗り五階の床にわが暮らしあり

床板のほのかに温し下に住む人も炊《かしき》をする頃にして

しらっぽい明かりが灯るショーケースうすももいろの切り肉売り場

挽肉の挽きのひびきにかなしみのごとき思いのよぎることあり

うす切りの肉は見せばやのうつくしさ隣る挽肉の乱《ろう》がわしかり

腹の毛をつくろう猫が耳伏せて臍のあたりを嚙みはじめたり

スカートの腿のあたりが毛羽立てり生身にすればけっこうな疵

箸にまたはさみ直してきしめんの長きを啜る息継ぎながら

動かぬと見えたる雲の遠ぞけりふたたび顔を向けたる窓に

水鳥の羽毛ふくらむジャケットに首を竦めて浮き寝のごとし

五六まい欅に枯れ葉散り残る寒さ足らざる九州の冬

泉水に浮かべるパンが浮き沈む裏にびっしり口群がりて

お風呂屋の煙突高くその上に起立しようとしている気分

花散る里

真冬にもうすき花びらひらつかせパンジーはジーのあたりが剛し

電灯のあかりに闇を退《すさ》らせて立春前夜炒り豆を嚙む

病棟の廊下に聞きし呻きにも似て冷蔵庫断続の音

仏壇に上ぐる苺のくさかむり母のふたつのつぶら実まっ赤

紫の日も朧なる夜も過ぎ花散る里に座ぶとんを敷く

玉ふたつしっぽの下に隠ろわぬ春の雄猫じゃらしてやろか

微に細に心覗かせ目は揺れる耳は動かせなくて良かった

耳の奥こじあけて来るささやきの悪しとばかりは限らぬうわさ

いちど火の点いたからだは欲ふかし　かかる哀れを蔑むなかれ

箒では星は落ちないおいで子どもご飯食べたらお眠りなさい

これからは誰と一緒に泣くのだろう遠くみずうみは水にけぶりぬ

みずうみは葦の新芽の伸びるころ拝啓わたしを愛しませんか

ずいよう

友だちを酔いて訪ねて家猫に咬まれたることゆうべの記憶

樽酒を柄杓に掻いて注《っ》ぎくるる酒蔵びらきふるまい酒を

鳴り物と笛が囃してひょっとこの子どもの踊り腰に切れあり

焼き鳥のけむり干ものを焼くにおい焦がし砂糖にお酒のかおり

はい酒が通りますよと声かかり立ち呑む背中人に押さるる

加勢川の瑞鷹蔵の生しぼり飲めば桜がぱあっと咲くら

昼酒に酔いて炬燵にうたた寝すあの世の母をまたも泣かせて

真っ赤な薔薇

葉桜のなかにちらほら遅れ咲く花あり人ら指さす先に

新潟の新酒を肥後の穴蝦蛄《あなしゃく》であなた行きつけの板前席で

グリーンピースは莢に小粒の裸豆ひと連なりが押しあい並ぶ

何すすりあげて真っ赤に薔薇は咲くやもめ暮らしの父の裏庭

さっきまで泣いてたような目の赤さ父が鼻水かみて坐りぬ

びんぼうで手癖の悪い娘だと父の頭がかなしみて言う

三世代並びて写る真ん中に爪先立って胸張って父

バール一打に強化ガラスが砕け散る砕かれるのを待ってたように

鼻の穴開いて怒っているようだ奈良美智の描くおんなのこ

歯の次は目に衰えのくるという記事覗き見る鼻眼鏡して

電線にあっちへこっちへ引っ張られ電信柱やや傾斜せり

電柱は変圧タンクをぶらさげて下までずっと痩せていなさる

指先にちょんとつついてパソコンの深くはあらぬ眠りをゆらす

なめらかな布をなぞっているようなぎりっぎりの眠たさにあり

露地もののなすびの蔕の棘が刺す嘘つく癖は父親ゆずり

外国の男女が肌も露わにて健康器具をお茶の間に売る

台所のわれを覗きて笑う顔余人《ひと》は知らない父のこの顔

わた菓子の綿がふんわり割り箸にわりなきさまに纏わり付けり

歌会にて否定されたることばかり縷縷る縷縷ると浮かび来るなり

プロペラになれたら空を飛べるのに簾の内に立つ扇風機

へべすな夏

平成二十五年八月十六日

教師二名生徒三名出発は三時半教師の集合は二時

冷房に二の腕冷えてバスは今夕立の阿蘇を抜けたるところ

うっかりと寝て越えにけるつづら折り高森峠千本桜

山霧は昇るともなく暮れ方の杉のみどりを濡らしたゆたう

待っている人は誰あれも居ないのに家が気になる夕飯どきに

山越えてお家《うち》がだんだん遠くなる今来たこの道夕闇のなか

熊本マリスト学園女子二名男子一名

私らはお菓子買うんで先生はビールどうぞとコンビニの前

牧水・短歌甲子園

一戦を午後に控えて生徒らがサンドイッチの包みを開けず

選者・俵万智・大口玲子・笹公人

万智ちゃんは今もやっぱり七月のサラダボウルのレタス先生

旗三本白に上がって負けとなる短歌甲子園宮崎の夏

交流会にて実行委員のおじちゃんに

「くやしいと思っているならまたおいで」生徒の肩がぽんと叩かる

かぼすよりずっと小さくひとまわりすだちに大きい日向のへべす

すっぱくてちょっとへべすが良い香り思い出はソフトクリームの中に

嘘ップ物語

綻んだズボンを穿いて鼻みずを垂らして家に父痩せており

なんなっと無かろかなあんも無かもんね父が冷蔵庫また覗きおり

イソップは名前がどこか嘘っぽい舌をすぼめて吸うマスカット

盗人《ぬすっと》と未明の電話で罵りし年月のこと父は忘るる

バリアフリー仕様の敷居を踏むように彼《か》の騒擾も越せたらいいに

医者どんは分からっさんと言う父が泌尿器科にて尿採られおり

犬小屋に柴犬らしきが眠りおり噛みつきますと貼り紙されて

ごはんつぶひとつぶずつにまぶさるる湯気と空気が旨しふるさと

ファミレスにグランドメニューを繰りながら楽しそうなり本日の父

ごぼう天うどんおかずに寿司を食う九十一歳大正生まれ

後はお前が払っておけと勘定の端金《はした》の二円父が握らす

代診の老先生が試験箱見せては父の痴呆を測る

どことなく人を小馬鹿にする笑い父が浮かぶる診察室に

押し入れの闇

むこうでは今ごろ雨が降るらしく電話の声が耳に湿りぬ

スコップを児が操りて白砂を積めども積めども裾に流るる

みずからの腹を開きて日ざらしに骨まで乾くわけにもいかず

みみっちい耳垢ばかり付けてくる耳掻き綿棒爪に弾きぬ

産声を上げて泣きたるあの日よりとうめいな血が涙であった

新エネルギー開発に原発の再稼働が必至と若き起業家が言う

流木を拾いて風呂を焚きし日々冬は日向に水を温めて

半球はしばらく影に入りたり冬至の夜の長き安らぎ

たて糸に添って破れていくような空だと思う滅びというは

白紙《しらかみ》をいちまい挟み「人類史」「人類史Ⅱ」に入る日が来る

暖房の汗に脱ぎたるジャケットを直ぐまた着込む汗に冷えつつ

鶏《とり》ならばクラス全員皆殺しインフルエンザに公欠ひとり

牛乳の瓶の底には眼《め》のありてぐいと飲み干すときに覗かる

つけまつげ付けてまばたきするようにまたたき灯る蛍光灯が

こたつから抜け出た猫が身を低め押し入れの闇に入りてゆけり

人形をむかし裸にした指で小さいみかんのうす皮を剝く

インクからあぶらが抜くる年月を経て便箋の言葉滲めり

春の卵

お鏡の餅を丸ごと焼き焦がしガス台に父のひとり左義長《どんどや》

年老いて父は鍵っこ独りっこテレビ画面が明るき日暮れ

むかしむかし孫を寝かした座布団に父が座って爪切りており

スコップを持ちたる父が庭に下り魚の骨を埋め始めたり

あとひとり父さえ死ねば男とは関わり持たぬ日々われに来る

鯖のふし鰯むろ鯵まぐろ節削って花になるかつお節

胸もとに干からびている御飯つぶひとつぶ口に入るれば固し

お急須が何かぶつぶつ言うけれど今夜は勘弁して下さいな

ぐしゃぐしゃと拳に握りしことのある春のハンカチ膝に広ぐる

食パンはまわりがみんな耳だからくすぐるように真ん中を喰う

長靴に大豆ひとつぶ訳あってお目に触れないところに居ます

輪郭をカッターナイフの刃がなぞり一人あなたが切り出されたり

大鍋に天ぷら油が澄みとおる火さえなければ沸き立たぬのに

三車線道路にもはや避けられず誰かのカロをタイヤに轢けり

まっしろな女体が蛸にからめられ隈なく吸わる北斎春画

どなたかが殺しその時殺された牛の肉ですよく噛んでいる

トラックの荷台に白き幌かけて春の卵が運ばれて行く

木の肌

ものはみなやさしくありてくちびるに箸の木の肌ふれしめて食ぶ

羽生結弦に「埴生の宿」と竪琴とビルマの僧の祈りを思う

電柱の高さを落ちてゆくときに愉しくないか鴉の糞は

托生の男死なせて小説は最後に女を自由にしたり

川べりに一本一本立ちながら杭のどれにも頭ありけり

十分かそこらで書いたかのような文章になり推敲終える

子どもらの足が揃って地を擲《う》てり長縄飛びの縄跳ぶたびに

まっ青な空が揺らいでいるプール泳ぐようには人は飛べない

指先の届くその先また先へクロールは人の祈りのごとし

濡れているタイルに映る電灯がなつかしいようにかなしい

いいですよ。いいです。どうでもいいですよ。お詫びさせずに電話を切りぬ

くちびるが笑ったように開いていて祝儀の鯛の前歯がのぞく

うっすらと湯気立てながらお急須の口は上向き嘯くように

お湯のみの縁までお茶がゆらゆらと宇宙開闢表面張力

ハンカチをかぶせてごらん手品師のシルクハットなら鳩がでますよ

点点の顔

あずさゆみ春はしょっぱい桜もち新入生は黄色い帽子

てのひらにもっちり吸いつく肌をして房のバナナはこどものお尻

ゆうれいの子育て飴を割り箸に付けて舐めさせてやりたかりしよ

甥っ子が子どもの頃に組みあげたレゴによく似たビル並ぶ町

丸描《か》いて点点つければ顔になる悲しそうなり点点の顔

心頭に発する湯気を噴き上げて薬缶は愉し笛吹きている

心棒は誤りなれど心棒を念じて耐える辛抱のとき

挨拶の頭上げればお互いにきらいきらいとひかり輝く

老父《おい》の家はみどりの虫屋敷垣根からたち棘とげ香る

毛虫めが枝よりころりころり落つ殺しに来たるわれを覚えて

昨日とは顔が違っている笑い父は前歯が抜けたるらしい

あっと止める間もなく鼻にあてがわれ爪切りが鼻毛剪らされている

筒という受け身のかたち屑籠は捨てられるもののためだけに立つ

この人が死ねば孤独が深くなるたがいみたがい岸辺のさくら

お爺さんが欲しいと言ってくださいな誰かしましょう花いちもんめ

風の葉書

白生地の暖簾の影に立ったまま冷やしうどんは顎で啜りぬ

天草の焼き海老醤油白川の湧水豆腐と相性いかが

蕗の葉を水に晒してまたあしたシンクの上の電気を消しぬ

よはかれて瀬戸内晴美が得度せし五十一歳をきょう生きている

ひらがなのうの字ぬるっと尾をはねて夏の土用の丑の日近し

画用紙に世界は白く限られてクレヨンに描く雨はみずいろ

豊国《とよくに》の山のみどりは濡れている別府八湯ゆけむりの街

青空の下を揺られてゆくヨット波と風とに遊ばれながら

ほんだわら小蟹浮き玉ミズクラゲ木くず藁くずたゆたう潮目

福島の見知らぬ海の愛しもよここにうつくしき九州の海

神々を柱とかしこみ呼ぶ国の満員電車立錐の人

教室の机の上に逆さまに椅子上げられて夏休みなり

さんずいもれっかも文字にくずされて夏には風の葉書が届く

一日を陽に晒されて白壁の下にかすかに砂塵が溜まる

口もとのすぼまる顔に嘘は無し向かい合わせて蕎麦を啜りぬ

巾着の口をぎゅうっと絞めあげる記憶は袋のなかより出るな

鹿児島の人なつっこい国なまり警察です父を保護したと言う

百キロを車で走って米ノ津に九十二歳の父がなぜ居る

終の日の姿はもっと小さかろう外来のベッドに父が寝ている

ふーらんすうまれと歌う電子音父の台所ごはんが炊けた

三日しか経ってないのに父がまた保護されている夜の病院

平成二十六年八月二十九日の歌

うたたねを覚めたる午前一時すぎ歯が汚れたるままのかなしさ

中学生のころの誰かの誕生日8月29日《はちがつにじゅうくにち》「パニック」

夏課外

特攻の戦闘機に乗って行きそうな生徒をひとり立たせて叱る

震度四とか

家まるごと軟骨が軋むようだった未明の地震寄り合いて言う

日の丸のおにぎりひとつコンビニの電子レンジであたためますか

熊本県歌人協会役員会集合二時に傘さして行く

「まつたく雲がない笠をぬぎ」まったくただのひと靴下を脱ぐ

お父さん居《お》るねと声をかけてみる閉じた襖に明かりが漏れる

それぞれの齢のぶんだけ煮つまりて喧《せか》しかねえ熊本の男

「石流」三三号発送作業

漱石の旧居が近い壺川町夜の九時ごろやぶ蚊をたたく

糸いっぽんまたいっぽんと掛けながら眠りの闇へおびくものあり

この夜もやがて引き寄せられるのだぐいと睡魔のふところ深く

渋もどり

夕暮れの泰山木の花の下喪服の人が傘差して立つ

マッチ棒くらいな背丈のひとになり日がないちにち反省したし

とびながらふっととどまる赤とんぼ夕焼けの火に吸いつくように

遠くには白雲の浮く空がある笑っていれば見上げない空

お湯呑みのへりを前歯で咬んでみるハブなら毒がじわり出てくる

くちびるを誰《た》があてたるか夕焼けはおんなのひとの胸もとのいろ

声帯は白すずやかにわれにあり震わす言葉つつしみ通れ

電話機に留守番させてする居留守明日の朝まで行くかたしれず

渋柿の株に甘柿接ぎ木せし父の柿の実渋戻りせり

舶来のはやりは渋谷あたりからデング熱終わりハロウィンが来る

星の子

うそのうを○に囲んだその横にきつねと書かれ注文終わる

三連休前の金曜午後八時うどんを前に割り箸を割る

秋の夜の更けて桜の木の股に月の光があかるく射せり

公園に掃き寄せられている落ち葉だれかお酒を温めないか

玄関のドアがピンポンこんにちわぁ金を遣ろうと来る人はない

「出る杭は打たれ強い」と書くコンビニのレジ仰ぐところに

どなたかと一緒に焼かれてきたような十円玉がお釣りにまじる

織田信成は織田信長の末裔とか
ニッポンの男が涕泣する時代来たかもしれぬ柳田国男よ

カーテンを開けないほうが暖かい曇り空しか見えない部屋は

金柑の甘煮を口に入れたままついでにしばらく黙っています

箸二本洗いて夕べを仕舞いたり与える愛を失う暮らし

お湯のみの底のへこみに触れながら咳ある夜のくず湯を飲めり

生爪をはがしたような色をして打ち寄せられてくる桜貝

星の子がうまれてきそうな寒の夜バケツの水が揺れはじめたり

赤いカバン

全財産入るくらいの古ぼけた旅行カバンが押し入れにある

ざぶとんを枕に仮寝するまひる豊葦原の風のざわめき

氷水にブロッコリーをくぐらせてみどりあざやかな夢であったよ

縫い針がボタンの穴をくぐるころ情に棹さして舟が流るる

助けてと例えばここに叫んだらあの世の人らぞろぞろと来る

初夢になみのりふねの帆はすすむあああさあんと喉に呼びつつ

このまんま落ちれば闇に眠れるに浮力のごときものがはたらく

何もない窪んだところで数人が笑う写真にちちははも居り

革ぶくろつぶしたようなくしゃみしてここにこうして生きているひと

文鳥の籠に口笛寄せている広い空ではなくなった父

もういちどもとの不幸へ旅をする赤いちいさなカバンを提げて

もくれんが散るなか木瓜が咲きはじめ父のかなしむさくらがつぼみ

文字にはルーペ

運転のための眼鏡に生活のメガネときどき文字にはルーペ

外国人のショットがネットとなるところ繰り返し映る今日のニュースに

はらわたが煮えくりかえる真ん中に味噌漉し入れて麦味噌を溶く

高一も二月となれば俯ける髪にシトラスが薫る男の子

三月十一日

夜の空のどの星に向き祈るべしイスカンダルがあるはずはなく

教室がみっしりとする三学期冬服の子ら進級近し

今日はまだ離別であってくれるなよ湖面の鴨が羽ばたくしぐさ

梅の木の枝をくぐりてゆく父の後ろを歩むかがまりながら

おとといの鰺の素揚げのよき香り酢のすっぱさと思い出しおり

ドレミファとのぼる階段の上に立ちソラを仰げば雲が流れる

割り箸に刺してコンロの火にかざすこうして焼くと旨い油あげ

補助線を引けば答えが見えるのに夏の教室窓の青空

シャープペンぐっと握った君の手の拳は何と闘っている

たばこ屋の看板猫がふあふあとさみしき人のてのひら誘う

人ひとりぶんの間口をおばちゃんがくるっと回すコロッケの店

くちびるに一度ならずも触れたから煙草の殻が踏まれています

敗戦国の煙草はピース　オリーブを銜えた鳩が天より下る

東陽町「東陽石匠館」

石橋は要の石に締められてどの石ひとつ身じろぎならず

蚕《こ》の眠りする老い人のひとりきり置かれて昼は広すぎる家

逆《さか》ねじをくわせらるるが口癖の父が食わされた逆ねじの味

岩ぶろの縁に頭をひっかけて極楽極楽父浮きている

アベックが夜に来るには良かところ九十三歳がそう言うからは

あの夏に二十三歳だった父まだ生きていますす戦後七十年

浜田知明展

房総の太海《ふとみ》の波太《なぶと》白波は海の小岩の根方に炎《も》える

大粒の涙そのもの少年は生き得たろうか「戦友の顔」

猫好きのせぬ画家だろう猫はみなこちらを向きてシャーッという顔

動物園のサル山の前に行けばいつも浜田知明さんに逢えると噂

夏休み

下の兄が帰省するという

〈肌にやさしい首振りヘッドの三枚刃〉女に分からぬ父の髭剃り

飾り羽根みたいなものも抜け落ちて父の白髪がぽわぽわとせり

熊本空港から阿蘇高森へドライブ

耳にまたピアスなんかを付けちゃって五十七歳バツイチの兄

人が良いほうではなかった父が今兄に手を引かれ湯舟に行けり

南阿蘇高森町の夜は早くペンション村に小雨が降れり

「気をつけれェ」と助手席の父「用心してッ」と後ろから兄夜の急カーブ

兄の持つケータイナビは二車線の幹線道路を決して行かせず

ブレーキを踏んでも坂をずり落ちるオートマチック車エンストすれば

山鹿市津留今寺

戦没者慰霊碑前の溜め池に沈める魚籠《びく》が鯰を生かす

杉苔に擬態している虫がいる墓碑の後ろは杜暗くして

今日は何日かい

弟と息子を混同した父がついに息子のほうを忘れつ

童蒙《ドウモウ》じゃなかっだろかと父が訊く黒の褪せたるまなこを向けて

半熟の卵とろりと匙に乗るなつかしいとは泣きたいきもち

八月のお盆の初日くらいまで夏が楽しいと思われるのは

ひとしずく床にとうめいの水のこる走るごきぶり仕留めた後に

月

紺のれん分くるごとくに部屋干しの浴衣の袖をめくりてくぐる

こぶしひとつ衿を後ろに抜く着つけぼんのくぼの熱冷《いきり》まして

立ち襟の縁たおたおと波を打ち喪服が首を美しく見す

黒蟻が集《たか》って舐《ねぶ》りとっているぬれぬれとした飴玉ひとつ

バス停の前の居酒屋の換気扇このごろ何のけむりも出でず

8分発のバスは8分に来ておらず乗れないはずの8分に乗る

お互いに味方でもない人たちとテーブルを囲みサラダ分け合う

大皿にサパースプーンが滑りこみ八宝菜のぬめりに沈む

湿りっけ混じらぬ音になぐさみて殻つきピーナッツ指先に割る

〈お酒すこしのんだらどう〉とメール来るかつては〈飲むな〉と送り来し人

洞窟の壁画のごとく教室の窓のガラスに手の跡が浮く

立つ人のお腹が擦《こす》る位置らしくコピー機のラベル剝がれかかれり

世界はきっと平和になれるステープラー針を撃たずに紙を束ねる

しょんなかたい

平成二十八年二月十五日

ガラス管の細きをのぼる水銀柱ひかり耀く発熱をせり

母はたぶん私を嫌いだったろう七回忌の朝に熱出している

満洲からの引き揚げの途中で母は発疹チフスを発症し、体温計が振り切れるほどの高熱を発したが、二十代の体は耐えて命を繋いだ

メイヨーメイヨー熊本弁ではしょんなかたい熱ある夜に母を思えり

棒いっぽん挿してはらわたきりきりと巻き上げたいよ負けたくないよ

二月二十四日

白みゆく小径がふっとまた眩む夢かうつつかうつつがゆめか

みぞおちの裏側あたりにつっかえた冷えたご飯がしゃっくりの元

まばたいたほどではあるが黙禱す考査監督中にその時間来て

期末考査中日《なかび》四限目よく晴れて男子生徒の頭が臭う

＊

鼻の先ぱちーんと指にはじかれて痛いという顔わたししている

まなじりを流れ出したる目薬がささやかながらいい香りせり

曼荼羅のご来迎が見えにけりなんだか知らねど痛む眼に

重箱の閉じきらぬ蓋開けたれば肝っ玉ほどのぼた餅詰まる

どの過去のどこにも戻りたくはなく人生も二度やりたくはない

お日さまにうっかり当たっておりましたおたまじゃくしが生まれる午後に

あとがき

『流流』に継ぐ五冊目の歌集になる。

二〇一一年二月二十四日、初学の頃から師事した石田比呂志先生が急逝された。その挽歌から始めた。ここからは独り歩む歌の道という思いがある。三月十一日は、原稿を集めてあった「牙」四月号の編集作業をしていた。師を喪った悲しみと動揺のさなかにあって、震災の映像にも、自分自身にも、現実感をうまく持てずにいた。この五年後、熊本地震に被災するなど思うべくもなかった。歌集には、二〇一六年四月十四日に発生する熊本地震の直前までの歌を収録した。

新たな歌の旅路にあたり、砂子屋書房の「令和三十六歌仙」に参加できたことが大きな喜びとなった。田村雅之氏に感謝申し上げる。

また、このたびも倉本修氏の装幀をまとう幸運に恵まれた。厚く御礼申し上げる。

「仏壇に上ぐる苺のくさかむり母のふたつのつぶら実まっ赤」から、歌集名を『くさかむり』とした。母を想うことがこのごろ多くなったのである。

令和五年四月十三日

浜名理香

歌集　くさかむり

二〇二三年八月七日初版発行

著　者　浜名理香
熊本県熊本市南区近見町二四七三―五〇三（〒八六一―四一〇一）

発行者　田村雅之

発行所　砂子屋書房
東京都千代田区内神田三―四―七（〒一〇一―〇〇四七）
電話　〇三―三二五六―四七〇八　振替　〇〇一三〇―二―九七六三一
URL http://www.sunagoya.com

組　版　はあどわあく

印　刷　長野印刷商工株式会社

製　本　渋谷文泉閣